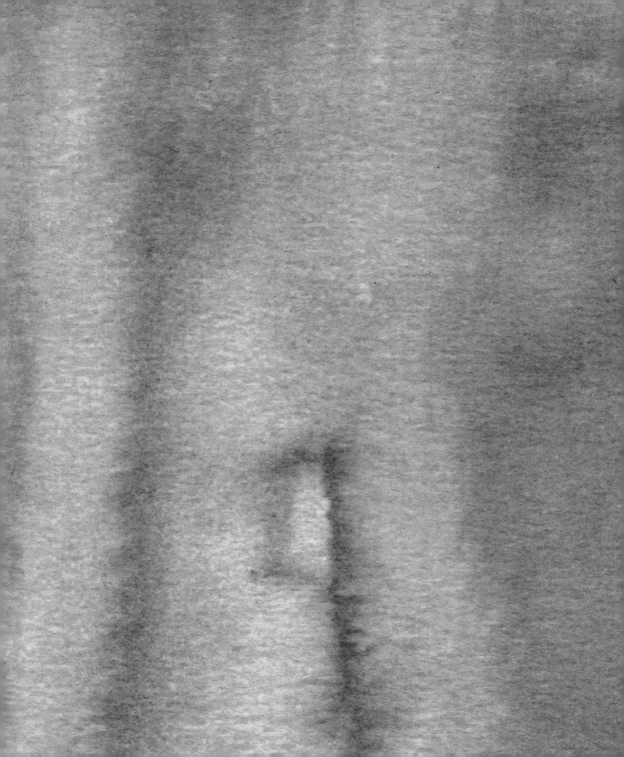

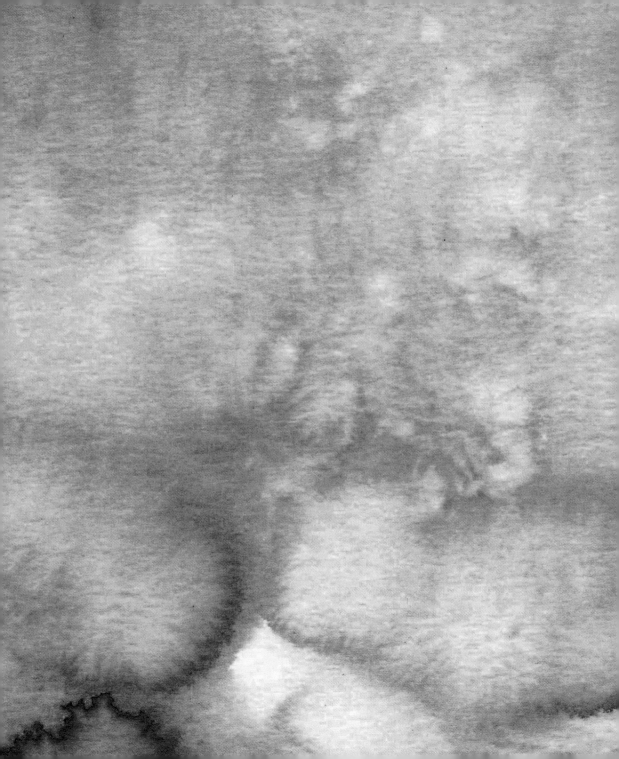

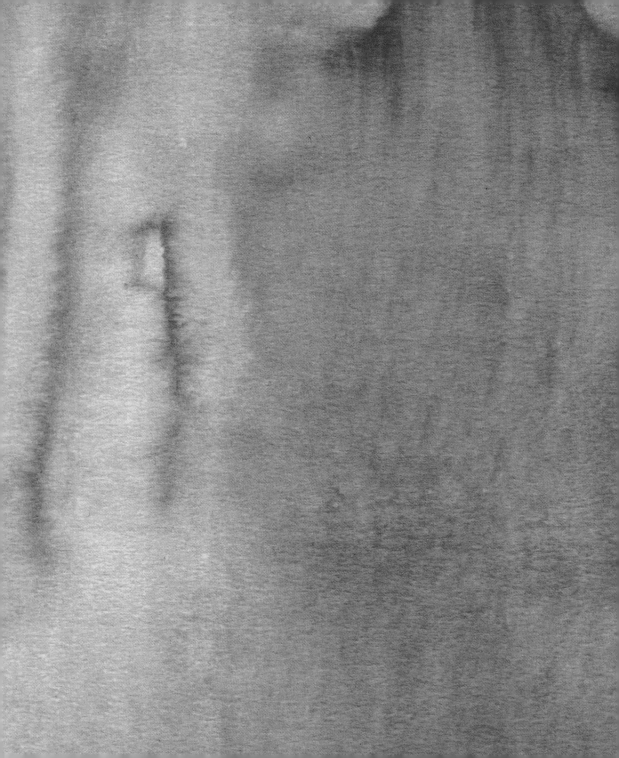

Ese VERANO A OSCURAS

VOCES / LITERATURA

COLECCIÓN VOCES / LITERATURA 361

Nuestro fondo editorial en www.paginasdeespuma.com

Mariana Enriquez, *Ese verano a oscuras*
Primera edición: abril de 2024

ISBN: 978-84-8393-352-7
Depósito legal: M-9830-2024
IBIC: FYB

Editorial Páginas de Espuma
Madera 3, 1.º izquierda
28004 Madrid
Teléfono: 91 522 72 51
Correo electrónico: info@paginasdeespuma.com

Impresión: Cofás
Impreso en España - Printed in Spain

Mariana Enriquez

Ese verano a oscuras

Ilustrado por Helia Toledo

PÁGINAS DE ESPUMA

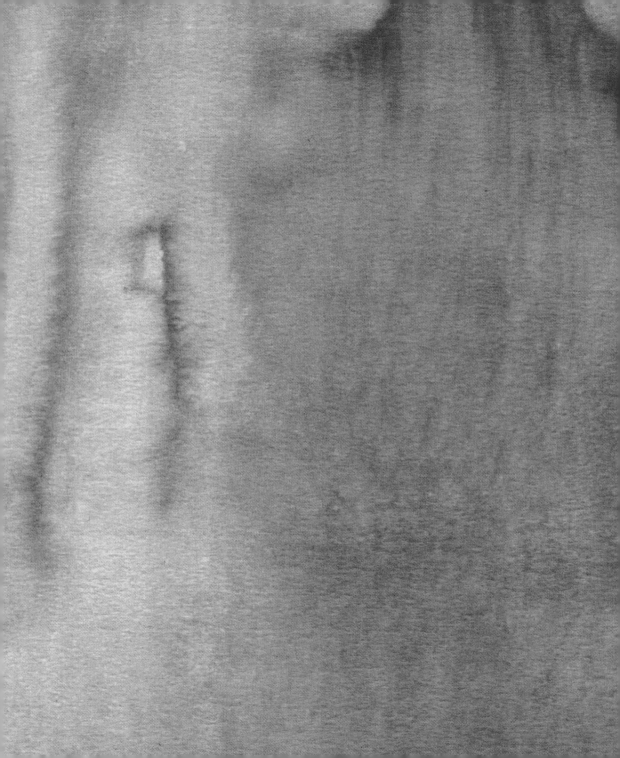

La ciudad era pequeña pero nos parecía enorme sobre todo por la Catedral, monumental y oscura, que gobernaba la plaza como un cuervo gigante. Siempre que pasábamos cerca, en el coche o caminando, mi padre explicaba que era estilo neogótico, única en América Latina, y que estaba sin terminar porque faltaban dos torres. La habían construido sobre un suelo débil y arcilloso que era incapaz de soportar su peso: tenía los ladrillos a la vista y un aspecto glorioso pero abandonado. Una hermosa ruina. El edificio más importante de nuestra ciudad estaba siempre en perpetuo peligro de derrumbe a pesar de sus vitrales italianos y los detalles de madera noruega. Nosotras nos sentábamos enfrente de la Catedral, en uno de los bancos de la plaza que la rodeaba, y esperábamos algún signo de colapso. No había mucho más que hacer ese verano. La marihuana que fumábamos, comprada a un dealer sospechoso que hablaba demasiado y se hacía llamar El Súper, apestaba a agroquímicos y nos hacía toser tanto que con frecuencia quedábamos mareadas cerca de las puertas custodiadas por gárgolas tímidas. Nunca fumábamos apoyadas contra las paredes de la Catedral, como hacían otros, más valientes. Le teníamos miedo al derrumbe.

Ese verano la electricidad se cortaba por orden del gobierno, para ahorrar energía, en turnos de ocho horas. Mi padre, que no podía dejar de explicar cosas que no entendíamos del todo, nos había dicho que de las tres centrales energéticas del país solo funcionaba una, y poco, y mal. Para las otras dos hacía falta dinero de inversiones, y el país no iba a conseguir ni un peso porque debía demasiado a acreedores extranjeros. Entonces: no iban a funcionar. «¿Íbamos a estar sin luz para siempre?», pregunté una tarde, llorando. ¿Qué quería decir deuda externa? Eran las palabras más feas y tristes que podía imaginarme. No había cines. No había música. No nos dejaban caminar por algunas calles demasiado oscuras. A veces la electricidad no regresaba después de las ocho horas prometidas y estábamos a oscuras un día completo. Los partidos de fútbol se jugaban de día. No había baterías ni grupos electrógenos para alquilar en toda la ciudad. La televisión duraba apenas cuatro horas, hasta la medianoche y ya no pasaba buenas películas. Yo no quería vivir así. También subían los precios. Si compraba cigarrillos para mi madre por la mañana, costaban dos pesos; a la tarde, el mismo paquete costaba tres. Los nombres de nuestro fin del mundo eran crisis energética, hiperinflación, bicicleta financiera, obediencia debida, peste rosa. Era 1989 y no había futuro.

A LOS 15 AÑOS, CUANDO UNA CHICA NO TIENE FUTURO TOMA EL SOL
con todo el cuerpo cubierto de Coca-Cola y a la piel pegoteada se
acercan las moscas. O se enamora de la muerte y se tiñe el pelo y
los jeans de negro. Si puede se compra un velo y guantes de encaje.
Algunas de mis compañeras de colegio se pasaban las tardes bron-
ceándose para una playa imposible. Virginia y yo solo usábamos
la pileta cuando el calor era selvático, para refrescarnos. Prefería-
mos la ropa negra y la palidez. Volvíamos a nuestras casas siempre tarde. Si nuestros padres nos retaban, lo hacían sin entusiasmo.
No recuerdo demasiado a los padres ese verano, salvo al mío con
sus explicaciones de lo inexplicable. Los demás o estaban buscando
trabajo o estaban deprimidos en la cama o tomando vino frente al
televisor apagado o en algún consulado intentando conseguir una
ciudadanía europea para escaparse, cualquier ciudadanía europea,
si era italiana o española mucho mejor.

Virginia y yo nos obsesionamos con los asesinos seriales ese verano. Habíamos conseguido un libro en la feria que se montaba los domingos en la plaza frente a la Catedral. Estaba entre un montón de basura: cubos Rubik, mazos de cartas muy usados, adornos de cobre, llamadores de bronce con seguridad robados de puertas antiguas, botellas de colores, pulseras de plástico, collares de abuela. Algunos de los objetos se vendían, pero otros se podían canjear: nadie sabía exactamente cuánto valía el dinero, así que el trueque resultaba más razonable.

El libro de asesinos seriales era barato y estaba muy manoseado. Le dedicaba un capítulo a cada uno de los más famosos. Lo hojeamos primero con curiosidad y después con deleite. Solo había fotos de ellos, de los asesinos, pero los crímenes se explicaban en detalle y hablaban de cinturones hechos con piel y decorados con pezones y de sexo con chicas muertas en bosques oscuros. Lo cambiamos por dos platos de porcelana de Limoges de la colección incompleta de mi abuela. Leímos en el fresco de las escaleras del edificio.

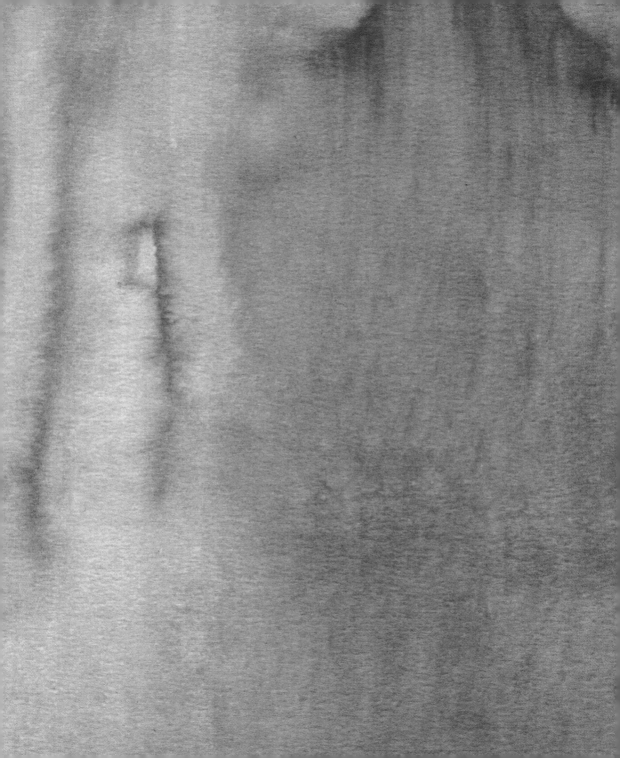

Esa noche, yo saqué el tema en la cena a la luz de las velas, sobre el puré de papas y un churrasco demasiado cocido. «No hay asesinos seriales en la Argentina», dijo mi padre y se sirvió vino. «Salvo que cuentes a los generales», agregó mi madre; parecían querer pelear, otra vez. Me fui a mi habitación con una vela y leí: habíamos decidido que esos días yo me quedaría con el libro porque mis padres eran más «permisivos». Virginia llamó por teléfono para venir de visita. Era tarde, pero la falta de electricidad enloquecía los horarios, resultaba imposible dormir con tanto calor y, a pesar de la oscuridad, la gente estaba en la calle más que nunca, abanicándose, silenciosa en sus sillas de plástico, esperando que la luna roja explotara en el cielo o las estrellas lanzaran haces de luz que nos devolvieran la electricidad o acabaran con nosotros. Los ventiladores, muertos, parecían reírse del sopor y de algún llanto mortecino que, a veces, rompía el silencio. Esa noche leímos hasta que las velas se acabaron y Virginia tuvo que volver a su departamento tanteando las paredes.

De día, nos paseábamos con el libro bajo el brazo. Cuando mencionábamos el contenido, los vecinos y los padres y otras chicas nos acusaban de morbosas. Nosotras estábamos hartas de que nos dijeran «no hay asesinos seriales en la Argentina». Alguno debe haber, insistíamos. ¿Acaso no recordaban a Carlitos *Cara de Ángel*, el adolescente hermoso y maligno que en los 70 había asesinado a serenos y guardias nocturnos cuando salía a robar? Se acordaban, vagamente. El calor atontaba a la gente, igual que la muerte. Más que de Carlitos y sus rizos de oro, nos hablaban de un hombre monstruo, asesino de niños en los años 30, un hijo de italianos de orejas enormes que dormía con cadáveres de pájaros bajo la cama y había muerto en la cárcel de Ushuaia. (Mi padre quería mudarse a Ushuaia: decía que allá, en el fin del mundo, había trabajo). Pero ¡quedaban tan lejos los años 30! No eran otro tiempo, eran otro planeta. ¿Ni uno ahora? ¿Ni un contemporáneo? Ninguno. Había criminales crueles pero mataban a sus mujeres, a su familia, por venganza, por dinero, por celos, por machistas cerdos, como decía mi madre. No mataban con método ni por puro placer ni por necesidad ni por ansiedad ni por compulsión. Cuando insinuamos que podían considerarse asesinos seriales a los dictadores, se enojaron mucho con nosotras. Es una falta de respeto lo que dicen. Mi mamá piensa eso, dije yo. Lo habrá dicho sin pensar, me contestaron. Otros callaban, pensando que, durante la dictadura, al menos no se cortaba la luz.

Virginia y yo, lo admito, no hablábamos de otra cosa. Todo nos parecía terrible y difícil de creer, como si fuesen rituales de una especie diferente. Las lámparas para leer hechas de piel, de cuero humano, que había fabricado Ed Gein después de despellejar a sus víctimas; los cadáveres que John Wayne Gacy enterraba bajo el parqué y su maquillaje de payaso cuando actuaba en fiestas infantiles; Ted Bundy y sus chicas de pelo largo, todas lindas, todas tan parecidas, una colección de muñecas destrozadas y abandonadas en las montañas. Richard Ramírez, que se metía en las casas por la noche, silencioso como una sombra y hermoso como un demonio del polvo. «A mí me hubiese matado», le dije a Virginia una vez, mientras mirábamos su foto: los ojos achinados, las caderas de estrella de rock, los pómulos como acero. De noche, me rodeaba el cuello con mis propias manos, en la cama, la cabeza sobre la almohada, y pensaba que las manos eran las de Richard, y que él apretaba hasta sacarme todo el aire, hasta romperme las vértebras. Yo sabía que, además, había violado a las mujeres, pero eso nunca aparecía en mis fantasías nocturnas, que eran delicadas y virginales.

MIS PADRES QUISIERON TIRAR EL LIBRO A LA BASURA UNA VEZ. No había bastante muerte ya, acaso, decían, hablaban de la dictadura y los torturadores; no entendían que a Virginia y a mí nos gustaba otro tipo de infierno, un infierno irreal y ruidoso, uno de máscaras y motosierras, de pentagramas pintados con sangre en la pared y cabezas guardadas en la heladera.

Nuestra rutina era sencilla. De día buscábamos la frescura en la sombra y, si resultaba imposible, nos bañábamos en la pileta; jamás tomábamos sol. Al atardecer nos sentábamos en la vereda o en la plaza y si por milagro alguna conseguía pilas, escuchábamos música en el grabador. Yo extrañaba la música más que cualquier otra cosa, mis casetes prolijamente etiquetados que estaban muertos en el cajón porque si la electricidad volvía a la noche apenas podía escuchar unas pocas horas, en casa tenían que dormir, mis auriculares estaban rotos y no podía comprarme otros. Si ninguna conseguía pilas, que era lo más normal, leíamos nuestro libro de asesinos seriales en voz alta. En la plaza frente a la Catedral inestable fumábamos cigarrillos robados a padres y madres y tíos.

TAMBIÉN FUMÁBAMOS EN LA ESCALERA DE MI EDIFICIO, QUE SIEMPRE estaba fresca. Nadie nos prohibía fumar tabaco. No se veía nada en la escalera, pero al menos no hacía calor porque jamás daba el sol: tapaba la luz otro edificio y, además, las escaleras no tenían ventanas. En la oscuridad, las brasas se encendían con cada pitada, anaranjadas como luz de luciérnagas, y cuando alguien bajaba la escalera, a veces con una linterna, otras tanteando las paredes, no nos prestaba atención. Nadie nos prestaba atención. Si preguntaban por el punzante y todavía desconocido (para los adultos) olor a marihuana, les decíamos que era incienso y se lo creían. Ellos mismos le compraban incienso a los hippies de la plaza donde se vendían objetos inútiles, a veces para ofrendárselo a algún santito de yeso, a san Cayetano o a la Virgen, pidiendo trabajo.

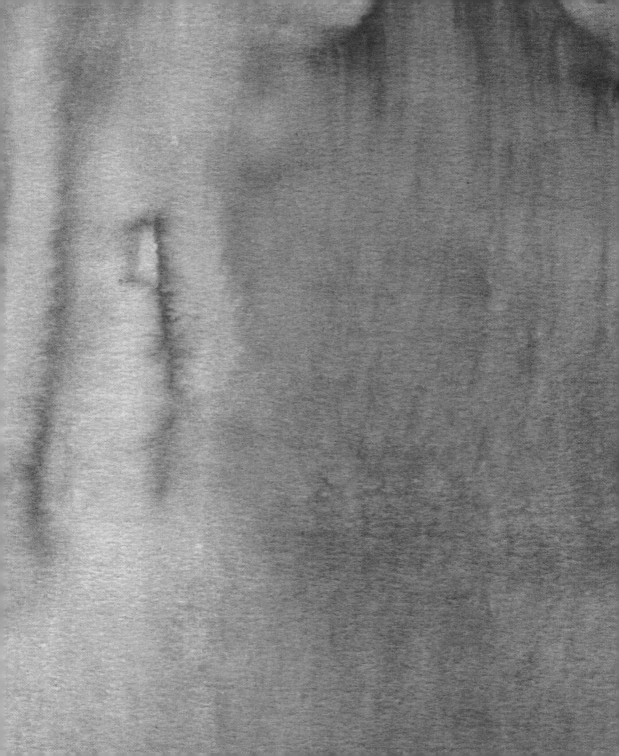

ERA ABURRIDO ESE VERANO DEL APOCALIPSIS Y NO SE TERMINABA NUNCA. Todo cambió cuando mi vecino del séptimo piso, a quien conocíamos solo como Carrasco, mató a su mujer y a su hija. Lo hizo por la noche y nos enteramos a la mañana siguiente: había policía y bomberos por todos lados. Él se escapó de madrugada y las pocas horas de transmisión televisiva mostraban el identikit de su cara todo el tiempo, incluso se ofrecía recompensa.

Aquí es necesario abrir un pequeño paréntesis. Hacía dos años que mis padres y yo nos habíamos mudado a ese barrio de edificios que llamaban Las Torres. No eran viviendas sociales: esos proyectos bienintencionados no se hacían más en nuestro país. Eran solo viviendas baratas. Edificios de más de quince pisos con paredes muy finas que dejaban escapar todos los sonidos, los gritos, los gemidos de placer, las peleas, los llantos de los bebés, algún instrumento. Todos los departamentos eran iguales: un living comedor, una cocina pequeña junto a la puerta de entrada y una habitación grande, que la mayoría de las personas dividía en dos con un ropero o un biombo. Las cocinas tan cercanas a la puerta de salida provocaban un efecto indeseado: los pasillos olían a comida y eso estaba bien si alguien preparaba un rico tuco o alguna delicia especiada, pero era espantoso, daba náuseas, cuando quedaban flotando en el aire las fritangas, los pescados, el coliflor hervido, incluso la carne a la plancha que, al principio, huele deliciosa pero cuando se estanca insinúa un poco de podredumbre.

VIRGINIA VIVÍA EN EL SÉPTIMO PISO, EL DEL ASESINO Y SU FAMILIA. ELLA no compartía la habitación única con sus padres: dormía en el living. A mí me parecía mejor: tenía privacidad. Cuando se lo sugerí a mi padre, pareció dolido, ofendido quizá. Quiso saber si el departamento me parecía poco; me pidió perdón por estar desocupado y por ser pobre. Yo solo le repetí la verdad: que prefería el living porque ahí estaba la televisión y, si había luz, podía verla; también podía leer hasta tarde sin molestarlos o escuchar la radio bajito. Él no pareció convencido. Murmuró algo sobre la promiscuidad y este país me tiene harto, ya nos vamos a ir si podemos, hija. Cuando hablaba de irse, venía siempre un discurso sobre el error que había cometido mi abuelo español al nacionalizarse argentino. Al hacerlo, me había quitado a mí, su nieta, la posibilidad de heredar el pasaporte deseado porque el estado español solo reconocía el derecho nacional de los hijos. A mí me daba igual. Yo no quería irme a España. Quería dormir en el living y poder volver a escuchar música.

MI PADRE HABLABA DEL FUTURO PERO YO NO LO ENTENDÍA. ERA TAN lejano como los años 30 y el asesino de niños que había muerto en Ushuaia. Mi padre se preocupaba demasiado, igual que la madre de Virginia, que se la pasaba en camisón y preguntándose en voz alta qué iban a hacer sus hijos, qué iban a hacer ellos, qué iba a pasar. La madre de Virginia me daba vergüenza; a Virginia también. Una vez la encontramos agitada en la escalera con las lágrimas secas en las mejillas; estaba gorda y le costaba subir los diez pisos hasta su departamento con las bolsas de la compra. La ayudamos sin decir nada. Por supuesto, el edificio tenía ascensor pero, ¿si cortaban la electricidad y alguien se quedaba adentro? Pasaba seguido en otros edificios, se decía y a veces los bomberos tardaban horas en llegar. De vez en cuando nos organizábamos para subir las bolsas de a poco y los más jóvenes hacíamos competencias de quién podía subir más pisos corriendo sin detenerse. Yo podía subir apenas cinco: tenía que parar, con la espalda empapada, la lengua afuera y el corazón rompiéndome las costillas. Virginia, que jugaba al volley, llegaba hasta el séptimo sin dificultades.

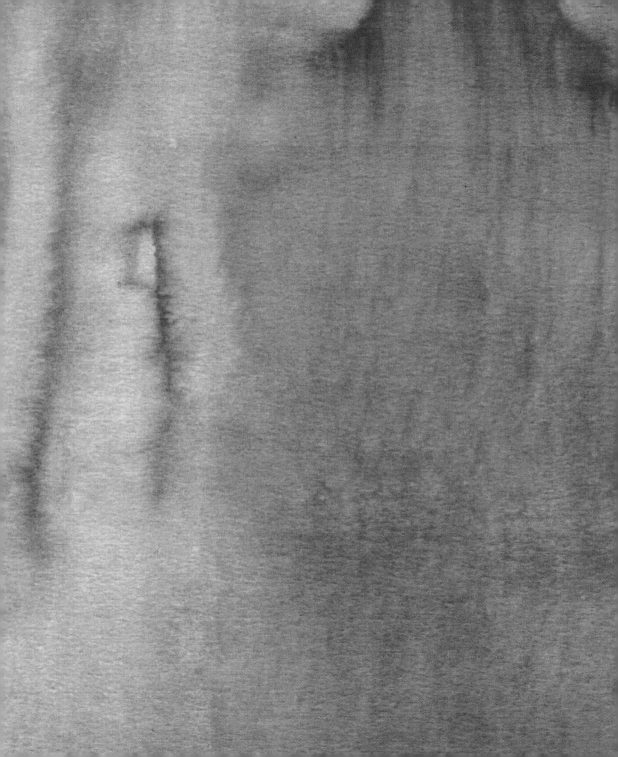

AL LADO DE LOS EDIFICIOS HABÍA UN PEQUEÑO Y MAL ABASTECIDO centro comercial. La carnicería y pescadería —era un solo comercio— tenía apenas merluza, algunos pollos muy pequeños, mal alimentados, y la carne de vaca era dura y fibrosa, solo servía para milanesas o estofado. La verdulería era mejor, pero la fruta estaba muy cara. Y el kiosco era el único lugar divertido porque Pity, el dueño, siempre ponía chocolates en oferta, compraba flores y tenía Rolito, una marca de hielo seco en bolsas que permitía mantener fresca la cerveza. Todos lo queríamos a Pity, sobre todo desde que un vecino viejo y patético lo había despreciado por maricón. «Mejor ser puto que ser cómplice», le había contestado él y mi papá esta vez no quiso explicarme de qué hablaba, pero creo que lo entendí.

El complejo de departamentos barato tenía una pileta de natación: ahí era donde flotábamos en perpetua lucha contra el calor. El problema era que, según las normas de seguridad más básicas, debía haber un bañero en la pileta, aunque no era muy profunda. Y también alguien que la limpiara para evitar el agua estancada. Los vecinos no podían pagar a ese empleado, entonces lo hacían ellos mismos, pero lo hacían mal. Y el agua tenía cierto tufo, la superficie turbia, bichos muertos flotando en los rincones. Siempre alguien cuidaba a los más chicos y pedía por favor que nadie corriera alrededor de la pileta, porque si caían al agua podían ahogarse o romperse la cabeza contra uno de los bordes. Dudo que los cuidadores espontáneos supiesen nadar. Mi padre se ocupó de la pileta durante un tiempo y él no sabe nadar.

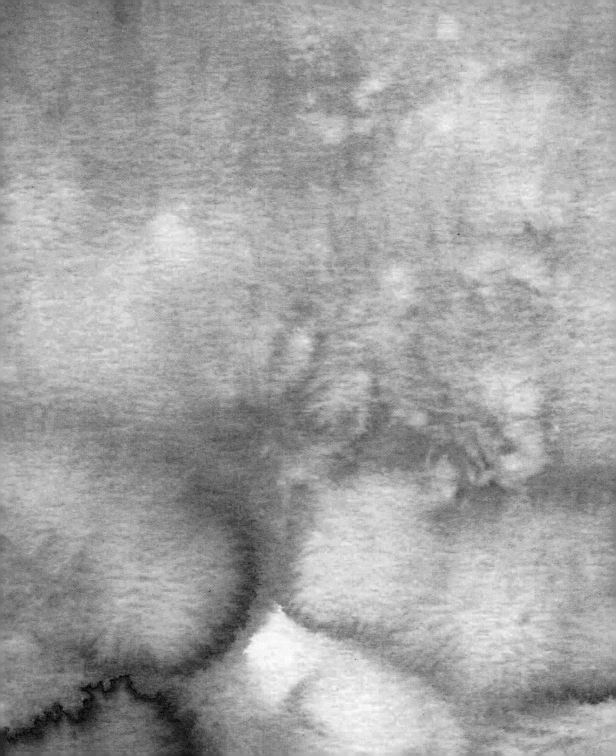

CARRASCO, EL ASESINO, SIEMPRE IBA A LA PILETA. NADABA COMO UN profesional, daba largas brazadas y salía sacudiéndose como un perro. También limpiaba de bichos y había instalado una bomba precaria para renovar el agua que se tapaba más de lo que funcionaba. No hablaba mucho, pero parecía agradable. Nadie sabía de qué trabajaba, pero ese año pocos hombres trabajaban. Su mujer y su hija no venían a la pileta y él no explicaba por qué. Suponíamos que no les gustaba el sol, como a nosotras, o les hacía mal porque ambas, especialmente la esposa, eran muy pálidas. Más que Virginia y yo incluso, y eso que intentábamos ser criaturas de la noche, con nuestros guantes de encaje y los anteojos negros. Virginia decía que ellos, en el séptimo, nunca habían escuchado peleas. Solamente música porque ella, la esposa, era o había sido bailarina. Por lo demás, eran una familia pequeña y silenciosa, ni siquiera delatada por los olores de la cocina. Debían cocinar mucho arroz y muchas pastas, alimentos sin olor, que no dejaban rastros en el aire del pasillo.

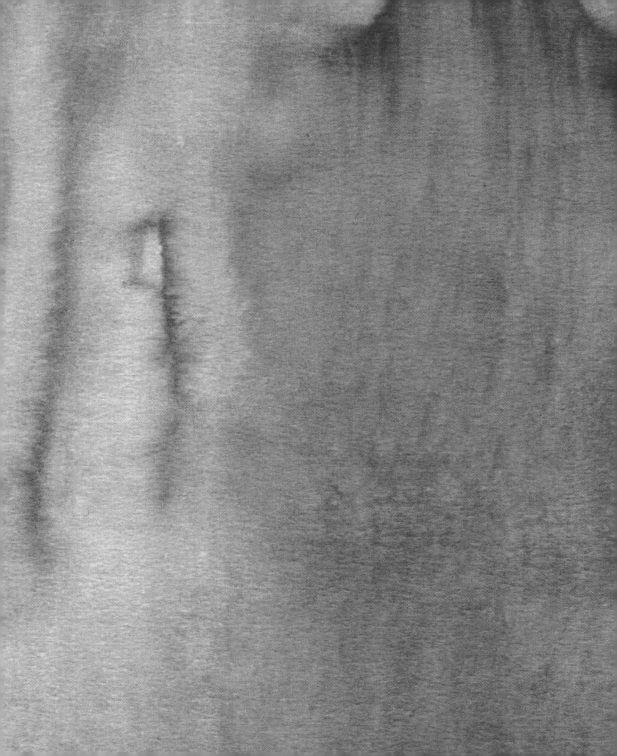

* * *

EL CRIMEN FUE BUENO PARA TODOS. LAS CUATRO HORAS DE TELE-visión de cada noche se dedicaban únicamente a Carrasco y su familia asesinada. Cuando terminaba la transmisión, la expectativa, las ganas de esperar por más detalles del caso al día siguiente ayudaban a pasar la noche. A olvidarse, por ejemplo, de que Pity, el kiosquero que todos queríamos, estaba en el hospital de vuelta, la ambulancia había venido, ya sin sirena, y decían que esta vez no regresaría a su casa. Nosotras creíamos que la familia deseaba que se muriera porque cada vez iban menos clientes al kiosco: después de la pelea con el viejo, se supo que tenía sida. Nosotros lo apreciamos mucho, pero no nos queremos enfermar, es una barbaridad que toque las cosas que vende, le escuchamos decir a una mujer y Virginia quiso escupirla. No era la única: algunos vecinos tenían miedo de contagiarse sida si compraban caramelos. Nosotras no. Nos habían explicado en el colegio cómo se contagiaba el virus y sabíamos que no se quedaba pegado de los chocolates ni de las bolsas de papas fritas. Tratábamos de explicarlo pero era inútil.

ODIÁBAMOS A LA GENTE IGNORANTE, Y SI PODÍAMOS CONSEGUIR dinero comprábamos en el kiosco galletitas y gaseosas y jugos en polvo, cualquier cosa artificial. Nos gustaba todo lo artificial, los caramelos Fizz que burbujeaban en la lengua, el helado sabor crema del cielo que era de color celeste, todo lo que se disolviera o creciera en el agua. También nos gustaba Pity y no queríamos que se muriera. Era delgado y hermoso, tenía los dedos largos llenos de anillos y los ojos un poco amarillos, como los gatos. Yo le hablé una tarde de los asesinos seriales y él sumó a la lista a Thierry Paulin, un francés que solo asesinaba ancianos en París. «Tu libro tiene nada más que norteamericanos, me parece», dijo. «Mi mamá dice que hay asesinos seriales solamente en Estados Unidos», le conté. «No creo», dijo él, «seguro que solamente los venden mejor».

Carrasco había matado a su mujer, la bailarina, mientras ella dormía, de madrugada. A cuchillazos, a través de la sábana (ese detalle me perturbaba, ¿qué hacía tapada con una sábana con semejante calor?). Los investigadores lo sabían porque la había dejado cubierta por la tela y las rasgaduras coincidían con todos los tajos en el cuerpo, menos con los del cuello y la mejilla. Había usado un cuchillo especial, de los que se utilizaban para cortar los huesos del asado. La mujer de Carrasco era tímida y callada pero espectacular, como una modelo. Lo ocultaba, se afeaba a propósito, pero era imposible no verla cuando subía y bajaba las escaleras con sus piernas fuertes, tenía los músculos entrenados y los brazos largos. Aunque llevaba el pelo atado, cuando pasaba su melena olía a flores de invierno y tenía los labios finos pero los dientes blancos. Me decepcionó saber que era bailarina de folklore, de danzas criollas: yo creía que era ballerina clásica, la imaginaba en puntas de pie, con maquillaje teatral, rodete y cisne negro.

En fin: igual nadie estaba demasiado preocupado por el destino de la pobre esposa bailarina teniendo en cuenta lo que Carrasco le había hecho a la hija de ambos. Una nena más chica que nosotras que siempre estaba en el colegio: iba a doble turno y volvía a su casa a las seis de la tarde, cuando ya era casi de noche. Usaba un uniforme muy extraño: en esa época, la mayoría de los colegios privados exigían el estándar de jumper gris, camisa blanca y moño o corbatín azul. La hija de Carrasco usaba un jumper de tela escocesa verde y camisa rosa pálido. ¿A qué colegio iría? Alguno barato, parroquial. Nosotras íbamos a colegios públicos y no sabíamos nada de Dios ni de las monjas; jamás habíamos aprendido a rezar. Después de que Carrasco mató a su mujer y a su hija, le pedimos a una vecina católica que nos enseñara el Padre Nuestro. Rezamos en la escalera. Yo lloré porque, pensaba, con nuestra obsesión por los asesinos habíamos atraído a la muerte, aunque Carrasco no era un serial. Lloré sobre todo por la nena y su jumper verde, que le quedaba largo, seguramente porque era algunos talles más grande y, cuando lo compraron, habrían querido ahorrar y que le durara por algunos años.

YO NO LA VI COLGADA DE LA VENTANA. CON EL TIEMPO, TANTA GENTE juraba haberla visto, muy quieta, la cara contra el edificio, y las piernas separadas en el aire, que se volvió un chiste ese falso «yo fui testigo». Con certeza la vio el hermano de Pity, que estaba despierto porque su hermano agonizaba y él tenía insomnio. Salió a fumar al balcón, vivía en el edificio frente al nuestro, justo sobre su kiosco. Levantó la cabeza y ahí estaba la nena, ahorcada con una sábana, colgando de la ventana. Esa noche había algo de viento y decía que la cara golpeaba el edificio y hacía un ruido opaco y carnal, el de la nariz destrozándose con cada empujón de aire caliente. Él llamó a la policía. Cómo aguantó el peso de la nena el nudo que hizo su padre, por qué no se desprendió, por qué no se desató si ella tenía unos diez años y no era menudita, era bastante alta y algo gorda; nadie se explicaba la resistencia de esa sábana y la falta de efecto del cuerpo pesado. La policía usó una escalera para descolgarla y eso sí lo vio bastante gente, pero no tanta, porque tapaba una panorámica ideal la escalera del camión de los bomberos, que llegaba muy alto. La policía no dejó que las cámaras registraran cómo la descolgaban de la sábana y no hay imágenes de su cara machacada. Había más pudor en 1989 o a lo mejor el detalle de la nena zarandeada por el viento era demasiado, incluso para los programas ansiosos de rating.

LA NENA YA ESTABA MUERTA CUANDO SU PADRE LA COLGÓ. LA HABÍA
apuñalado varias veces con un cuchillo distinto al que había usado
con su madre —uno pequeño, de cocina, común, doméstico— y la
dejó desangrarse en el piso del comedor. Después la ató a la ventana de la habitación, como si se tratara de una bandera o una
muñeca. La ató de una manera compleja, con un nudo que pasaba
bajo sus axilas y se cerraba sobre el cuello. Estuvo colgada así,
durante la noche poco más de una hora. De no ser por el cigarrillo
y la angustia del hermano de Pity, hubiera amanecido muerta y
colgando, con el pelo color chocolate ardiendo bajo el sol.

MI FAMILIA Y YO, DESDE EL SEXTO PISO, NO ESCUCHAMOS NADA.
Los del 6.º B, justo debajo del departamento de Carrasco, estaban
de vacaciones: tenían una casa en la costa que iban a vender en
menos de seis meses. Después, cuando hubo que declarar ante el
juez, algunos vecinos mencionaron gritos pero, avergonzados, dijeron que no pensaron en meterse. Carrasco y la bailarina eran silen-
ciosos y, les pareció, se debía tratar de una pelea poco frecuente y,
por lo tanto, inofensiva. Carrasco era celoso, eso lo sabíamos. Ese
día, ella había llegado un poco tarde del colegio. Hubo huelga de
transporte y a todo el mundo le costó regresar a sus casas, pero a
Carrasco, se pensaba, no lo convenció el argumento. Nadie había
escuchado esto, pero los investigadores estimaban una discusión
por el estilo porque la bailarina le dijo a la verdulera: «A mi mari-
do no le gusta que vuelva de noche, pero hoy el centro estaba imposible». Carrasco no la mató en la pelea, de todos modos. En eso
los vecinos no se equivocaron. Lo hizo después, mientras dormían.
Si hubo gritos fueron pocos o breves.

—¿Será cierto lo del amante? —preguntó Virginia.

No creo, pensé yo. ¿Adónde iban a escaparse? A menos que él fuese rico. Ella no tenía plata para salir de Argentina: si eran vecinos nuestros quería decir que eran bastante pobres. Y mudarse adentro del país ¿qué sentido tenía? Todo estaba sin luz, sin dinero, sin trabajo, sin ganas.

—Ella debía ser como esas mujeres que tienen hijos durante la guerra —decía Virginia, mientras se miraba críticamente las piernas, desnudas porque usaba mini shorts: no conseguía una buena crema depilatoria porque su favorita era francesa y estaban cerradas las importaciones.

—¿Qué mujeres?

—Yo vi una película una vez. Hay mujeres que cuando hay guerra les gusta quedar embarazadas. Dicen que dar vida es como combatir a la muerte. Una estupidez así. Es esa mentalidad.

—Si tenía un novio, yo digo, dónde iban a ir si no se consigue nafta.

—Por ejemplo, ¿por qué no se puede importar nafta, vos sabés?

—Por lo mismo que todo, porque no tenemos plata para pagarla. Mi papá dice que los militares van a voltear al gobierno.

Virginia se arrancó un pelito de la pierna con la pinza de depilar oxidada de su madre.

—Cómo duele depilarse así —dijo.

—Usá cera.

—No sé cómo hacer. Me quema.

Nosotras aprendimos que la nena se llamaba Clara («Clarita») por los diarios. Pensábamos en ella, colgando sola de la ventana, a la noche; pensábamos en el ruido de su cuerpo al caer, si hubiese caído. Mi madre empezó a fumar más todavía y a soñar con la nena. Pero el efecto inmediato fue que ya no nos dejaban salir solas porque tenían miedo de que Carrasco volviera. Tuvimos que explicarles las cosas a nuestros padres con cansancio, con conocimiento. Sí, cierto, los asesinos volvían al lugar del crimen, así que podíamos esperar que alguna noche Carrasco apareciera, aunque era difícil que tomase semejante riesgo porque la policía custodiaba el edificio. Si volvía podía pasar por la esquina, por ejemplo: no es que los asesinos volvían a pisar el mismo, exacto, lugar. Nada más lo querían ver, a veces de lejos.

David Berkowitz, el hijo de Sam, que mató en Nueva York durante los años 70, y también en una época de apagones, volvía porque ver las escenas de sus crímenes le causaba placer, para él era como mirar chicas desnudas. Creíamos que era nuestro deber explicar lo que habíamos aprendido porque nos sentíamos cuplables. ¿Carrasco no dejó una nota? Cuando son insaciables, dejan algo escrito. El Asesino del Lápiz Labial dejó escrito en la pared: «Por favor atrápenme, antes de que mate más, no puedo controlarme». Yo no creo que Carrasco sea así, decía Virginia. Las quiso matar a ellas quién sabe por qué. En la tele sugerían que la bailarina —se llamaba Luisina— tenía un amante, pero a mi madre la irritaba ese dato. Es como culparla, decía. ¿La tenía que matar porque iba a dejarlo, estamos todos locos? ¿Y la nena qué tenía que ver? «Es que debió pensar que la nena era la hija de una traidora», dijo mi padre desde el sillón y mi madre, escandalizada, le gritó: «Ahí está, mirá cómo se interpretan y se justifican entre machos». «Yo no justifico nada, qué estás diciendo», contestó mi padre y yo agarré a Virginia de la mano y la saqué del departamento para que no tuviese que presenciar otra pelea ridícula más. En mi casa apenas se pelean, me dijo, cuando nos sentamos en la escalera y encendimos nuestros porros paraguayos que olían a químico. Son como fantasmas.

ESA NOCHE NO ME PUDE DORMIR EN SEGUIDA; ME MOLESTABAN LOS ronquidos de mi padre. Y aunque sentí que me estaba volviendo loca, pensé en Richard Ramírez. En sus ojos rasgados y su pelo oscuro, sus manos morenas, el cuerpo delgado y la sonrisa de dientes separados. Pero cuando cerré los ojos, Richard se transformó de a poco en Carrasco: casi olí el cloro en su piel húmeda después de nadar, sentí la humedad de su pelo que también llevaba un poco largo y escuché el filo del cuchillo contra el armazón de la cama. Me levanté corriendo y me encerré en el baño: no pude vomitar. A lo mejor nos equivocábamos a pesar de haber estudiado las conductas de los asesinos; a lo mejor nuestros padres tenían razón y Carrasco podía volver, entrar a mi habitación, cortarme el cuello con esa hoja que olía a asado, a carne quemada y carbón.

* * *

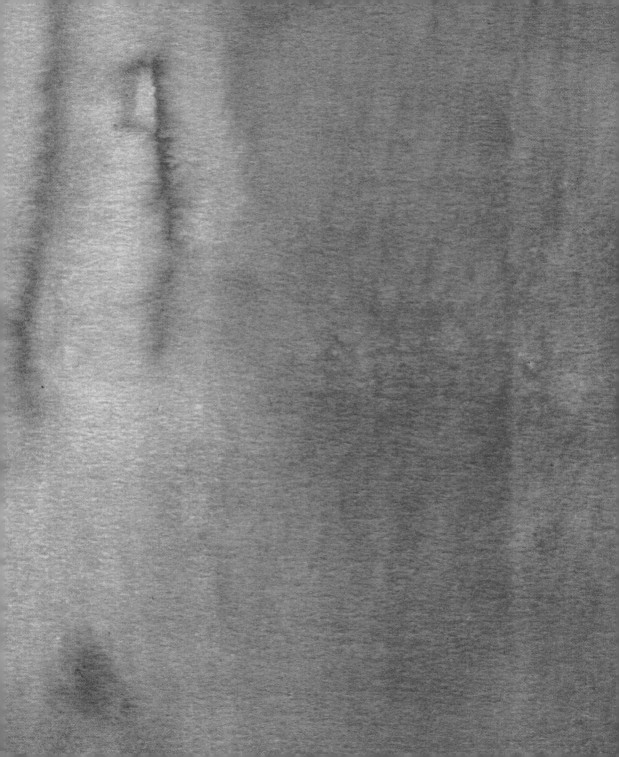

EN ALGO TUVIERON RAZÓN NUESTROS PADRES. CARRASCO VOLVIÓ. Hasta hoy, Virginia y yo discutimos sobre si fue una alucinación o una sugestión. Pero yo creo que fue él y cuando lo cuento siempre veo a Carrasco en la penumbra, siento su olor a colonia de después de afeitar, sudor y aliento a hambre, el mismo que tiene la gente muy temprano en el tren, cuando van a trabajar sin haber desayunado, con el estómago vacío. Las escaleras entre el piso sexto y el séptimo eran plenamente oscuras incluso de día y sin cortes de electricidad porque no tenían ventanas, al menos no en todos los pisos. Eso era una construcción barata; además de ser fea te hacía sentir encerrada, disparaba la claustrofobia, la necesidad de huir y la certeza de no poder escapar. El descanso que usábamos para pasar frescas la tardecita y fumar tranquilas era el más oscuro de todos. Sin la luz de los pasillos, sin la luz del ascensor, era como estar en una tumba amplia y concurrida, porque los vecinos iban y venían, siempre comentando el destino de Carrasco, Luisina y Clarita.

EN LA ESCALERA NOS ENTERAMOS DE LA MUERTE DE PITY Y DE LO QUE pasó después: no aceptaron su cuerpo en ninguna casa de servicios fúnebres e iban a velarlo en su departamento, a la luz de las velas, para colmo. Decidimos ir de inmediato: solo había que cruzar la calle. El hermano nos abrazó en la puerta y nos dijo «muchas gracias por venir, pero no hace falta que entren, son muy chicas, se pueden impresionar». Le dijimos que queríamos despedirnos de Pity porque había sido bueno con nosotras: nos había grabado casetes, nos hacía gratis fotocopias si no teníamos plata y a Virginia le había conseguido un esmalte de uñas increíble, que le hacía brillar las manos cuando las movía como si desprendiera polvo de hadas.

NO HABÍA MUCHA GENTE EN LA HABITACIÓN. LOS PADRES DE PITY EN un rincón oscuro, abrazados, otros adultos que debían ser parientes, muy serios —apenas tres o cuatro— y varios hombres jóvenes, seguramente amigos; eran muy delgados, estaban muy bien vestidos y lloraban. Sobre la cama, las sombras afilaban la cara de Pity, parecía una mujercita vieja envuelta en un trapo blanco. Pity, que había sido tan lindo, con su pelo largo y la dentadura perfecta. No nos quedamos mucho: Virginia dijo que, con el calor, en cualquier momento el cuerpo empezaba a apestar y nos escapamos sin saludar. Como no teníamos sueño porque la cara de Pity y su cuerpo tan delgado bajo las sábanas nos había dejado nerviosas, volvimos a la escalera oscura. Nada más nos iluminaban los fogonazos del encendedor; lo usábamos seguido porque la marihuana estaba húmeda. «La mean para conservarla», decía Virginia, pero yo no quería pensar que el regusto ácido que nos hacía toser era el orín del dealer o de quien quiera que hubiese compactado la marihuana allá en la frontera con el Paraguay.

Esa noche, además de porro, fumábamos Marlboro: un verdadero tesoro, porque la marca estaba carísima. Virginia le había robado medio atado a su tío. Para relajarnos, decidimos no hablar de Pity ni de Carrasco ni de las chicas asesinadas por Ted Bundy (a Virginia le gustaba Ted Bundy, pero nunca me contó si tenía fantasía como las mías con Richard. A ella siempre le gustaron los hombres como Bundy, convencionalmente lindos y secretamente violentos). Hablamos de cómo pintar remeras con aerosol y conseguir moldes para hacer letras, porque queríamos frases escritas, no podíamos decidir cuáles. También debatimos sobre si era conveniente usar papel crepe para teñirnos o si debíamos persistir con el henna barato de la perfumería. «Nos va a dejar peladas», dijo Virginia, «se nos está cayendo mucho el pelo», y chasqueó el encendedor otra vez.

ENTONCES ESCUCHAMOS PASOS EN LA ESCALERA Y LA PERSONA QUE bajaba se paró frente a nosotras porque le interrumpíamos el paso. No distinguíamos bien su forma. Era una mancha negra, humana pero desconocida. Nos miró; aunque no le vimos los ojos distinguimos el brillo húmedo de su mirada. Era un hombre. Virginia le dijo hola, segura de que era un vecino que bajaba a tomar aire o averiguar si la pizzería todavía estaba abierta pero, cuando no nos contestó ni se movió, se nos llenó el estómago de un miedo frío y yo supe que era Carrasco y que nos iba a colgar de una ventana como se colgaban las banderas argentinas durante los Mundiales. Nos iba a colgar del cuello y dejarnos flamear ahí hasta que, como le había pasado a su hija, el cemento barato nos destrozara la cara. No sé cómo hice, pero me puse de pie y salí corriendo y Virginia me siguió, gritando. Corrimos por las escaleras en la oscuridad, nos resbalamos, al otro día teníamos las piernas llenas de moretones y hasta raspones en las mejillas; era como correr por un laberinto aunque conocíamos la salida, y juro que sentí el aliento de Carrasco, con su olor a hambre, en la espalda, y escuché sus jadeos de fumador o de agotamiento.

Cuando llegamos a la planta baja, llorando, el policía que hacía guardia en la puerta del edificio nos paró y le contamos atropelladamente lo que habíamos visto, gritando y también insultándolo, diciéndole que era un inútil, que había dejado entrar al asesino, cómo no se había dado cuenta. El policía nos hizo callar y llamó a una patrulla. Dieron orden de desalojar. Por nuestra culpa, todos los vecinos terminaron en la calle, en el calor amable de la noche, preguntándonos qué habíamos visto y nosotras diciendo que a Carrasco y su silencio, su olor a colonia de hombre y transpiración que era inconfundible. Algunas mujeres decidieron irse esa misma noche a casa de sus madres o de otros parientes; otras, menos, dijeron que pasarían la noche en una pensión con sus familias. Los hombres parecían incapaces de decidir si quedarse o irse. Nos dimos cuenta, además, de que en nuestro edificio no vivía mucha gente sola. Mi madre me secó las lágrimas y me abrazó demasiado fuerte, tanto que tuve que retorcerme para que me dejara en paz y ella me miró con tristeza y con decepción porque la rechazaba. Los padres de Virginia eran mucho menos expresivos y me caían mejor.

LA POLICÍA RASTRILLÓ TODOS LOS DEPARTAMENTOS Y LOS PASILLOS y las escaleras y no encontró nada ni a nadie. Uno de los agentes nos llevó hasta el patrullero y nos quiso asustar diciendo que no debíamos inventar cosas, porque era falso testimonio y el falso testimonio era un delito. También nos trató con desprecio y nos miró un poco las tetas: las dos teníamos musculosas negras ajustadas. Nos dijo una pavada sobre el pastorcito mentiroso y el lobo y yo pensé lobo serás vos, no serás torturador vos, ningún policía de la dictadura estaba preso en esa época, peor que Carrasco sos vos, pensé y quise escupirlo pero me contuve porque sabía de lo que era capaz un policía. Y porque justo cuando pensaba escupirlo volvió la electricidad y los vecinos suspiraron de alivio porque había luz y la policía decía que el edificio estaba completamente seguro. Sin duda, también les dijeron que nosotras habíamos mentido. Pero no se enojaron: están sugestionadas, pobres, escuché, no es para menos.

Salía el sol: nadie había dormido casi en toda la noche y, desde el edificio de enfrente, vimos cómo se llevaban el cuerpo de Pity: los empleados usaban guantes y barbijo, como si trasladaran algo tóxico. Mis padres prepararon el desayuno y después se fueron a la cama. Yo cerré con llave el departamento y me senté sola en la cocina. Tenemos que mudarnos, pensé. No podemos seguir viviendo en este edificio donde se esconde el asesino y donde, dentro de poco, seguro va a aparecer la bailarina acuchillada bailando por las escaleras oscuras. No podemos seguir viviendo cerca de la pared donde Clarita colgó durante una hora; Clarita agitada por el viento como una piñata; pronto, también, empezaríamos a escuchar en sueños los golpes de su cara, húmedos, golpes contra su propia sangre y los restos de su nariz y su mentón y sus labios, sangre y carne que decoraban nuestro edificio y que los bomberos no habían podido quitar del todo, y tampoco la lluvia, porque todos sabemos que las manchas de sangre son las más difíciles de limpiar, incluso cuando ya no es posible verlas.

Mariana Enriquez nació en 1973 en Buenos Aires, Argentina, donde vive. Es licenciada en Periodismo y Comunicación Social, subeditora del suplemento *Radar* del diario *Página/12* y docente de periodismo narrativo en la Universidad Nacional de La Plata. Publicó las novelas *Bajar es lo peor* (1995 y 2013), *Cómo desaparecer completamente* (2004), *Este es el mar* (2017) y *Nuestra parte de noche* (Premio Herralde de Novela y Premio de la Crítica 2019), las colecciones de cuentos *Los peligros de fumar en la cama* (2009 y 2017), *Las cosas que perdimos en el fuego* (Premio Ciutat de Barcelona 2016) y *Un lugar soleado para gente sombría* (2024), la *nouvelle Chicos que vuelven* (2010), los relatos de viajes *Alguien camina sobre tu tumba. Mis viajes a cementerios* (2013), el perfil *La hermana menor. Un retrato de Silvina Ocampo* (2014 y 2018) y las crónicas periodísticas reunidas en *El otro lado. Retratos, fetichismos, confesiones* (2021).

Helia Toledo (Madrid, 1994) estudió Comunicación Audiovisual. Tras distintos trabajos de escenografía y animación, su vocación se va reorientando hacia el dibujo, e ingresa en la Escuela de Arte 10 de Madrid, donde estudia Ilustración. Desde entonces, su trabajo se centra en dicho campo, la pintura y el diseño. Este libro es su primer proyecto individual de cuento ilustrado.

Esta edición de
ESE VERANO A OSCURAS
de
Mariana Enriquez,
ilustrado por
Helia Toledo,
se terminó de imprimir
en abril de 2024

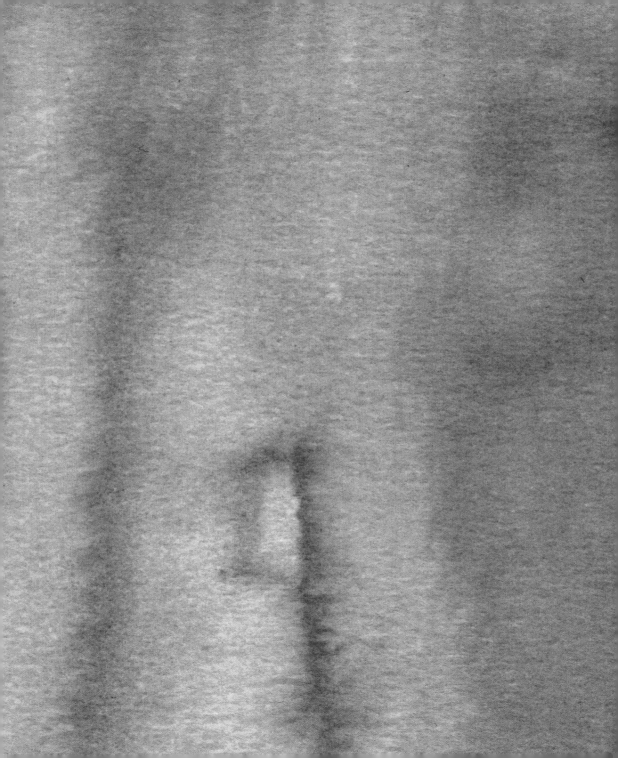